시 속의 농부

시 속의 농부

지현경 제7시집

대양미디어

서문

나는 이 시집의 손길이 와 닿는 순간 노르웨이 시인
울라브 하우게(1908~1994)의 시와 함께 하게 되었다.
"당신이 농부를 이해하여 시를 한 편 써서 쓸모 있다
말을 듣는 것은 대단한 것입니다. 대장장이는 더욱
이해하기가 어려울 것이고 그 말을 듣기 가장 어려운
이는 목수입니다."
울라브 하우게의 시가 나를 두고 말한 것 같다.
오직 잘 아는 것은 어린 시절이다. 꿈많던 시절에
눈만 뜨면 농지만을 밟으며 꿈을 키웠다.
누워서 잠을 자도 산과 들이고 꿈을 꾸어도 뛰어노는
논과 밭이었다. 손에 쥐는 것은 흙과 나무뿐이었다.
사이사이에는 소와 닭 그리고 마당에서 재롱부리는
강아지가 있었다.
4계절 따라 꽃이 피고 남해 바닷가 해풍은
저 넓은 바다를 나에게 가르쳐 주었다.
올망졸망 다도해 섬들이 빙 둘러싸여서 넓은 바다를
볼 수는 없었다.
우리 집은 대대로 농사를 짓고 살아왔다.
큰형님은 교직에 계셨고 둘째 형님과 3남인 나는

농사일에 매달렸어야만 했다.
황소가 우리 집에서는 최고였다.
소와 함께 살아오면서 정성을 다해 길렀다.
쇠죽을 쒀서(끓여서) 먹일 때는 소박한 사랑을 황소와
같이 이야기했다.
황소 너, 네가 없으면 우리 농사는 어렵다고 말해줬다.
그랬더니 고맙다고 나에게 큰 왕눈을
끔뻑끔뻑거리면서 답례해 줬다.
농민의 아들인 나는 티 없이 맑은 천진함이
지금도 내 가슴 속에 깊이 숨 쉬고 있다.
그래서 정들었던 고향을 그리워한다.
지금은 도시 속 사람들과 함께 교류하면서 감성을
녹이면서 살고 있다.
잘된 표현은 아니더라도 내 모습을 숨김없이
남겼으니 한 조각이라도 독자가 기억해 주신다면
더없이 감사하겠다.

2020년 봄
옥상 정원에서

차례

서 문   004

제1부 가슴 속 눈물

밤을 파는 사람들   015
사랑 한번 못해 본 남자   016
회 고   018
고놈 참 재미있다   019
가슴 속 눈물   020
우리 마음   021
인연의 빛   022
맛과 멋은   023
오 늘   024
그리운 친구들 오겠지   025
친구야 반갑다   026
맨 손   029
능소화 꽃 피었네   030
잃어버린 소캐   031
아껴 써야 한다   032
생과와 낙과   033
가끔 보이네   034

제2부 뜨거운 눈물

행복한 하루　　　　　037

생긴 대로 살아간다　038

초라한 인생　　　　　040

새벽의 명상　　　　　041

뜨거운 눈물　　　　　042

버려진 이름　　　　　044

살　길　　　　　　　045

돌아 돌아간다　　　　046

사랑합니다　　　　　048

낙樂　　　　　　　　049

글 꼬리 쫓아서　　　050

능소화 향기 속　　　051

눈가에 이슬　　　　　052

꽃　　　　　　　　　053

꽃향기　　　　　　　056

용설란　　　　　　　057

때밀이 인생　　　　　058

선　물　　　　　　　059

우리 엄마　　　　　　060

제3부 빈자리 그 사람

기다리는 마음 063

도 리 064

찾아온 그들 065

○○○ 대표님 066

밤에 만난 친구들 067

가는 길에 068

여보게 친구 069

세 가지 기쁨 070

공 071

새벽 3시에 072

빈자리 그 사람 073

열어놓은 마음 074

아버지 075

밥 상 076

기쁨과 행복 077

로맨티시즘의 거장 라흐마니노프 078

밤 더위 080

큰 두상 081

나누는 정 082

제4부 새벽잠 깨고 나면

삶 085

졸 음 086

잡아준 끈 087

내 짐이 나였네 088

잊을 수 없는 당신 089

표 현 090

새벽잠 깨고 나면 091

낚시꾼 092

유 혹 093

자 유 094

양면 날개 095

그리운 고향 096

피어난 꽃잎 098

분별심 099

이것이 뭐~꼬? 100

단골 식당 101

미꾸라지의 끈기 102

제5부 잊혀 간 기억

무형의 친구　　105

돌아온 고향　　106

물 위에 써 보는 추억　　107

다닐 행 댕길 행　　108

정치는?　　109

잊혀 간 기억　　110

잡아 온 조개　　112

친구들　　113

사 랑　　114

나는 누구여?　　115

생사의 길　　116

인연의 끈　　117

꿈속의 꿈　　118

가르침　　119

교 양　　120

근 본　　121

새벽이 청도　　122

청도의 아침　　123

술꾼들　　124

제6부 기다리는 사람

공기와 물 127

소인은 죄인입니다 128

내리는 비 129

타고난 복 130

빈 병 131

추석에 132

삶 133

사는 그날까지 134

부모님 기일에 135

담배가 나를 망친다 136

기다리는 사람 137

슬피 우는 새 138

형상 기억 장치 139

뿌려진 카드 140

흔적들 141

에누리 없는 삶 142

이별·1 143

이별·2 144

회 신 145

◇ 해설 ◇

시부모님 참다운 말씀에
뜨거운 눈물만 쏟고 146

제1부 가슴 속 눈물

밤을 파는 사람들
사랑 한번 못해 본 남자
회 고
고놈 참 재미있다
가슴 속 눈물
우리 마음
인연의 빛
맛과 멋은
오 늘
그리운 친구들 오겠지
친구야 반갑다
맨 손
능소화 꽃 피었네
잃어버린 소캐
아껴 써야 한다
생과와 낙과
가끔 보이네

밤을 파는 사람들

소리 내어 부르는 노래 사랑 노래 부른다
자작곡으로 노래하니 마음이 더 흔들린다
흘러간 세월 누가 한탄하리오
감출수록 떠난 세월 새록새록 떠오르고
들을수록 음률 따라 음색에 빠져드니
보슬비는 창밖에서 소리 없이 내리고
밤늦도록 TV가 신세대 음악 들려주니
울고 웃고 감사하다 가는 세월 한탄하네.

사랑 한번 못해 본 남자

아가씨 곁에만 가면 가슴 뛰고
아가씨 멀어져가면 바라만 보다
두근거리는 사내 마음 끝이 없는데
그녀는 모르네, 내 마음 몰라주네
몇 번이나 만났어도 손도 못 잡고
밤마다 써본 편지는 임을 그렸는데
그녀가 떠난 자리에 홀로 서서
날마다 임 생각 가슴만 태웠다
오랜 세월 애타는 가슴 불태운 순간
그녀가 죽었다는 백지 편지 받아들고
찾아가니 그녀는 언니였네
죽지 않고 살아서 눈물 흘리며
품에 안고 괴로워서 놔주질 못하였다
사랑도 미움도 이런 것인가?
동생 만나려고 천 리 길 찾아갔는데
언니가 막아서서 만날 수가 없었다
짝사랑이 뭐길래 이렇게도 간절할까?
바닷가의 파도는 발끝에 와 닿고
그녀는 못 이룰 사랑이라고

괴로워하며 울었다
사랑도 모르고 떠돌던 내가
애절한 그 사랑도 스쳐 보내고
늘그막에 생각하니 내 청춘도 가버렸다.

＊ 날 사랑했던 여자

회 고

글을 쓴다는 것이 참으로 신묘하다
버린 것도 다시 찾아보고
잊어버린 것들도 뒤적이니
내가 어찌 부끄럽지 않겠는가?
지금 와서 다시 들춘 내가
인생 헛살았구나! 반성한다
한 번도 지나온 내 뒷모습
돌아보지 않았는데
우연히 글을 써보니
참 내 모습이 보인다
어찌 그렇게도 아등바등
쫓아다니면서 팍팍하게 살아왔는가?
인생 참으로 괴로운 동물일세!

고놈 참 재미있다

한 수를 바라보고 펜을 드니
연필 끝은 저 갈 길로 가고
내 마음은 내 마음대로 가버린다
끄집어 내놓은 글 다발엔
먼지가 자욱하고
풀어 놓은 내용에는
요놈 저놈 얼굴을 내민다
요놈 봐라 어린 시절의
내 얼굴이 아니냐?
곱던 내 얼굴 멍석 판이 되어버렸고
되는대로 살다 보니 이 모양 요 꼴일세
즐거운 일 궂은일 뒤적거리다 고장 나
다시 고쳐 쓰니 재생품이 되었구려
대학 병원에서 이 몸뚱이 잘 고쳐서
내놓았지만 얼마나 갈 것인가?
온전한 상품도 수명 지키기 어려운데
재생품 내가 얼마나 살까?

가슴 속 눈물

얼마나 울어야 눈물이 마르나요?
얼마나 살아야 인생이 끝나나요?
힘든 삶이 눈물을 주었습니다
괄시받던 시절이 눈물을 주었습니다
차가운 세상은 눈물이었습니다
환경이 같아도 눈물이 나고
슬픔이 같아도 눈물이 났습니다
우리가 사는 것이 이런 것이라고
고생하는 사람들 보면 눈물이 납니다
어렵게 성공한 사람도 동정의 눈물이었습니다
사람들 사는 삶이 모두가 눈물 아닌가요
어제도 하루 종일 나의 행사를 위해
도와주시니 눈물이었습니다
사람이 살아간 따뜻한 그 눈물 말이오.

우리 마음

고약한 글 쓰면
답글이 없고
아름다운 말을 하면
답글 이어진다
오늘 한마디!

인연의 빛

쌓여가는 정 때문에
내 마음을 쫓는구나!
낡은 몸뚱이 다시 고쳐놨더니
언제 무슨 일 있으려나 걱정이 되고
상서에서 만난 사람들
정으로 만났으니
입은 은혜 언제쯤 갚을까 걱정이 된다
이 내 몸 중고품이라
어디다 내놓을 수 없고
우장산 자락에 깜빡거리는
공원 등처럼 낡았으니 말일세.

맛과 멋은

걸쭉한 우리네 맛과 멋은
걸쭉한 인심 아닌가?
사랑이 숨 쉬고 인정이 넘치는
소리의 본고장은 호남이 아니던가?
음색 음소 음률 따라 흐르는 전율이
호남사람들의 가슴이었다
따뜻하고 인정 많은 사람들
자유와 평화 그리고 행복한 미래는
걸쭉한 마음에서 사랑으로 출발한다.

오 늘

생활 속에는
금빛 찬란한 미래가 살고 있다
아인슈타인도
그것 하나를 찾아서 열심히 했다.

그리운 친구들 오겠지

여름이 왔네
봄은 가버렸네
꽃도 피다 말고 져 버리네
하늘은 파랗게 물들어
내 마음 하늘을 날고 있네
저 하늘 천사도 나를 찾아서
그리운 내 친구들도 함께 찾아오겠지.

친구야 반갑다

바라만 봐도 기분 좋은
내 친구들이 좋더라
기다리다 지치면
눈물샘이 마른다
시간은 자꾸 가는데
오지도 않고 소식도 없네
전화가 안 오면
그 친구 미워지고
바쁜 친구는 하던 일도
내버리고 오는데
노는 친구는 오지도 않고
전화 한 번도 안 해주더라
낫살 먹으니 말동무가
마누라보다 더 반갑더라
마누라도 친구도
좋은 말 나누면 기분 좋고
거친 말 많이 하면
하루도 길더라
늘그막에 늙은이들은

재미난 유머 섞어야
서로가 웃는 그 모습이
곱게곱게 늙어간다네
몸도 둔하고 말도 어둔하고
소변 줄도 발 앞이라
만사가 늘어져서 하는
말들도 잡석이더라
늙은이가 되어서는
말이 고와야
친구가 있다네
서로서로 재미있게
이야깃거리 가져와서
분위기 만들어주면
그 친구가 최고더라
늙어서 욕 잘하면
그 친구는 멀어진다
너나 나나 말들 하다가
싸움질하는 그 늙은이는
살아온 길이 더러워서

죽어야 그 병이 나을는지…
대문 열면 사자가 기다린다
사는 날까지 베풀고 살아라
마누라야 고시랑* 대지 마소
진구야 욕하지 마소
우리가 살면 얼마나 살겠는가
기쁜 날 행복한 날도
마음속에 있으니
기분 좋은 하루하루가
우리네 인생이 아니더냐!

* 고시랑 : 못마땅하거나 하여 군소리를 좀스럽게 자꾸 하다.

맨 손

오고 가는 세월이라
귀한 시간 낭비 마소
걷는 곳은 맨발이요
뛰는 것도 맨손이라
직업 찾아가는 것도
운명이라 기뻐하네
주어진 삶 청렴으로
남은 인생 다하소서.

능소화 꽃 피었네

꽃은 피어 예쁜데
돌아온 내 나이는 왜 모르는가?
지난날 그때 그 꽃도
예쁘게 피었었지!
그 날의 그 꽃은
더욱더 힘 있고 예쁘게 피었는데
오늘 이 꽃은 너무도 나약하고
애잔하구나
떠가는 저 흰 구름 보며
지난 시간만 탓하네
오늘도 젊은 시절
그리워하면서
옥상 정원 한가운데 능소화
꽃잔등만 만지작거린다.

잃어버린 소캐*

워따매 뭣담시 그런당가
오늘은 바쁜디
아제는 우리 밭때전에 나가서
소캐 좀 따오소
밤에 비가 쪼간 왔으니
건부락지가 안 붙을 것이네
한 바꾸리 따다가
명 씨 빼내고
뽀송뽀송하게 말려서
아부지 방석 만들어 드리려네
자네가 솜 타는 일은
저녁밥 먹고 정제* 가서
자쇠로 타 갖고 모아서
방석 속에다 꾹꾹 채워주소!
정이 철철 넘친
전라도 지방 사람들이
흔히 쓰던 말이라 하네.

* 소캐 : 솜의 방언   * 정제 : 부엌의 방언

아껴 써야 한다

백지 한 장도 아껴 써야 했다
어린 시절에 배운 대로 실천해 왔다
객지 서울은 냉혹하였다
찬물도 사 마셨으니 말이다
고향은 한없이 그리웠다
놀다가도 목마르면 아무 집이나
찾아가서 샘물을 마셨다
샘이 없으면 부엌에 들어가 물동이에서
바가지로 떠 마셨다
이것이 고향 사람들의 삶이었다
내 고향 한없이 가고 싶었다
서울에서는 정이 들지 않았다
한 발 한 발에는 돈이 들어갔다
아버지가 회초리 들고 가르치셨던 말씀은
한마디도 틀리지 않았다
작게 흘린 것도 돈이라고
이렇게 나는 54년을 살아왔다.

생과와 낙과

정의로우면 생과가 되고
정의롭지 못하면 낙과가 된다
한 나무에는 생과도 있고 낙과도 있다
죄를 지은 자는 낙과가 되고
정의로운 자는 생과가 쑥쑥 익어간다.

가끔 보이네

부모님은 가셨어도
보이는 것은 부모님 손길
힘든 일 할 때마다
부모님 모습 떠오르고
못 먹고 못 입고 살아온
우리 식구들
지금은 살만해서
따뜻한 밥상 앞에 앉았네
맛난 고기 밥상 차려놓고
부모님 생각하니 눈물이 나네.

제2부 뜨거운 눈물

행복한 하루

생긴 대로 살아간다

초라한 인생

새벽의 명상

뜨거운 눈물

버려진 이름

살 길

돌아 돌아간다

사랑합니다

낙樂

글 꼬리 쫓아서

능소화 향기 속

눈가에 이슬

꽃

꽃향기

용설란

때밀이 인생

선 물

우리 엄마

행복한 하루

발산초등학교 운동장에
발바닥이 땅 위에 닿으면
살아 있다는 것을 증명하고
소파에 앉아 TV를 보고 있으면
갈 때가 다가온다는 신호를 느낀다.
축구공이 하늘 위로 날아갈 때
젊은 시절도 날아가고
축구화 끈 다 떨어지면
아직도 나는 쓸만하다네
소금기 하얀 운동장에
애들(젊은이들)과 뛰어놀면
내 마음은 한없이 하늘을
훨훨 날아가네!

생긴 대로 살아간다

주는대로 먹는밥은
타고날때 내밥이요
오고가는 시간들은
쓰는대로 내것이다
나에게순 직업이란
운명이라 어쩌나요
만난것도 운명이요
헤어짐도 운명이네

주어진삶 청렴하게
살아가면 복이오니
큰것들은 나눠주고
작은것만 내것이네
남은인생 끌지말고
받는대로 살아가세
가벼운몸 훨훨날아
천국극락 따로없디

타고나온 능력으로

직업잡아 일을하면
곳곳마다 빛이되니
눈속임도 하지말라
아는대로 가르쳐야
자손만대 복이된다
복주소서 명주소서
부귀영화 나눠주소

세상살이 사는것은
순리대로 살아가세
그것만이 살길이요
남은여생 행복하네!

초라한 인생

초목도 쉬어가고
인생도 잠이 든다
깊은 밤 홀로 앉아
근심 걱정에 잠 못 이루며
남은 삶 남빛으로 살다가
구름처럼 사라지겠지.
세상에 이런 흔적 남기고
바람처럼 사라지리라
이것이 내 인생 아닐런지요.

새벽의 명상

내가 부지런하면
백성이 편하고
내가 게으르면
국민이 운다.

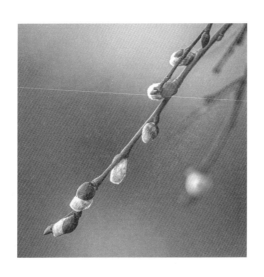

뜨거운 눈물

슬퍼서 울고 외로워서 울고
괴로워서 울었다
차디찬 골방에서
끼니 걱정해서 울고
괜지 나양 괄시받아
외로워서 울었다
시어머니 등쌀에
남편까지 편을 들어서 울었다
다시 보자 그 눈물,
돌아보니 어제일세
자식들은 대학가고
나도 늙어 주름인가?
흰머리 백발이라
찾아오는 이도 없구나
외롭도다 슬프도다
나도 이제 늙었도다
꽃다운 젊은 시절
다 어디로 가버렸나
시부모 시집살이

나도 늙어서 듣는구나!
흐르는 세월이 나를 슬프게 하네
떠나신 시부모님 말씀들이
나에게로 돌아와서
한 말씀 한마디마다
귓전에서 맴돌아가니
이제서야 철들었나
하시던 말씀마다 미웠던고
시간 가고 세월 가니
시부모님이 생각나네
오늘 와서 빌어본들
용서가 뜨거운 눈물이네!

버려진 이름

휘늘어진 꽃만 꽃이더냐
붉게 물든 꽃만 꽃이더냐
하얀 내 얼굴 작아 보여도
예쁘게 피었답니다
그늘 속에 가려져 비어있는 공간에서
자리 잡고 가만가만 소리 없이 피었답니다
오는 사람 가는 사람들 내 얼굴도 쳐다보세요
이슬비 맞으면서 곱게 곱게 피었답니다
잡초라고 외면하며 뽑아버리지 마세요
신비한 꽃잎 속에 피어난 생명을
벌과 나비가 찾아와서 반겨줍니다
천대해서 버림받고 짧은 생을 살다가는
가녀린 잡풀꽃이 통곡하며 울다가
사랑 한 번 못해보고 울다가 지쳐버렸습니다
향기 많고 예쁜 꽃은 맹독이 있다 하니
기생 같은 꽃들은 조심하라 하네요
못난 잡풀꽃들은 독이 없어도 아름답습니다.

살 길

힘센 사람 기둥 세워
나라 살리고
약한 사람 바닥 다져
경제 살리자
국민 경제를 생각하며 읊다.

돌아 돌아간다

시대가 나를 부른다
나이도 나를 재촉한다
끊임없이 날아가는 시간
내리는 빗줄기에 나를 적신다
어둡던 지난날들 괴롭고 힘들었지만
나를 세우고 버티어 왔다
차곡차곡 쌓여가는 내 이름 석자
덕지덕지 누적되어가는 내 나이 따라간다
뒷걸음질 치는 내 발길이
한없이 무겁구나
고향길 갈 때마다 내가 지던
그 지게는 안보이고
우리 부모님도 함께 유택으로
가셔버렸더라
조그만 소나무 가지 다듬어서
새끼줄로 묶어 말려두시더니
내 나이 10실 때 시게 만들어주셨다
벼 한주먹 묶어서 등지게에 걸쳐지고
달랑달랑 따라다녔다

74세 나이 드니
기억 속에서
10살 나를 찾아본다
5.972 섹스틸리언 미터톤* 질량도
나를 데리고 가자 한다
시간은 나이를 만들고
나이는 나를 주름지게 만드는구나.

＊ 5.972 섹스틸리언 미터톤 : 지구의 질량

사랑합니다

눈은 어두워지고
책은 쌓여만간다
친구들은 오는데
술값은 떨어지고
문위기 좋은자리
언제까지 갈거나
날마다 즐거운날
갈수록 기쁨이네
궂은것 내버리고
사랑한다 하세요
우리가 사는날이
얼마나 남았을까
끝자락 그날까지
즐겁게 살다가세.

낙 樂

사람이 모이면 살맛이 나고
사람이 안 오면 죽을 맛이다
이것이 사람 사는 낙인가 하노라.

* 더불어 하는 마음은 즐겁다(樂)

글 꼬리 쫓아서

초인은 글줄 타고 날아가는데
소인은 밧줄 타고 걸어왔다네
날아가는 도인 뒤를
서울까지 따라와도
글줄 꼬리도 못 잡았네
이 못난 소인
언제 글 꼬리 끝이나
잡아볼거나 했건만
날이 새도록 뜬 눈으로
백지 위를 걸어봐도
74년이나 묵어버려
녹이 슬어 못 쓰겠네.

능소화 향기 속

얼굴 화려하다 못해
자태가 더 듬직하다
누구인지는 몰라도
그 사람 닮았네
그 사람 속마음
사랑하는지 모르겠네
앞가슴 파고들어
깊은 숨소리 거칠게 들리지만
그래도 그 마음 모르겠네
당신이 나를 진정으로
사랑하는지 말이오?

눈가에 이슬

우리 어머니 가슴에 맺힌 이슬
두 눈가에 한 방울 두 방울
늦은 밤 손에는 다듬이 방망이질
무명베적삼 바느질해서
10식구 바지저고리 해 입혀주시고
따뜻한 밥은 아들 밥
차디찬 남은 밥은 어머님 몫
하얀 쌀밥도 아들 밥
검은 보리밥은 또 어머님 차지
타향살이 차디찬 손길마다
어머님 생각이 떠오릅니다
오고 갈 데가 없었던
어머님 막내아들
이제는 살게 되어
집도 마련하고
결혼도 하였습니다
이미니 우리 어머니!

꽃

마누라가 예쁜가요
용설란이 예쁜가요
장소마다 시간마다
기분따라 변한다네
꽃을보면 꽃이좋고
부인보면 부인이네
사람이란 그런거야
남자들의 심보라네
예쁜여자 쳐다보고
손도잡아 악수하지
사람이란 그런다네
누구든지 그런거야
자기부인 바라볼땐
최고라고 말하고서
꽃을보면 꽃이좋고
부인보면 여보이지
남자들의 맘보들이
조석으로 변해가니
늘그막에 주름지면

떨어지는 낙엽이라
저늙은이 늙는것도
나늙은것 모른다네
보소보소 사람들아
천내만상 변한것들
우리모두 정신차려
가는세월 따라가세
예쁜얼굴 가져가면
천사님도 환영하네
어서어서 정신차려
극락정토 찾아가세
오늘아침 새맘먹고
꽃을보며 살아가세
사람들아 인간들아
한치오차 모르는가
손을잡고 차별말고
서로도와 살아가세
주인이라 행세말고
일당많이 주고사세

가난하면 죄인인가
전생부자 죄업이지
살아생전 베풀면은
그복받고 잘산다네
누구든지 차별말고
사람차별 하지마소
때가되면 일어나니
괄시하면 죄인되네.

꽃향기

꽃향기 속 그 마음
모두가 꽃이었다
미운 사람도 없고
고운 사람도 없다
보누가 꽃이었다
버려진 마음들이
찾아와서 묻는다
어제도 그저께도
머리 아픈 일 있어도
얼굴 붉히며 하던 말들
꽃 속에서 노는구나!
향기 속에서 노는구나!

용설란

꽃이 피니 벌 나비들
향기 찾아 모여드네
하얀 들꽃 여기저기
무리 지어 피었네
제주의 해변에도
서울 장안의 화분에도
때가 되니 피었구나
봄 가고 여름 오니
어제 본 그 꽃봉오리
오늘 아침에 피었네
하늘 공원 옥상에
정성 들여 키운 꽃이
때를 맞춰 보란 듯이
왕관쓰고 피었구나.

때밀이 인생

노숙 생활하면서 인생을 바꾸었다
때밀이 일하면서 인생을 꿈꾸었다
가도 가도 끝없는 인생길 나그넷길
어디가 끝인가요 어디가 갈 길인가
앞에도 안 보이고 뒤에도 안 보이네
나그네 가는 길이 갈 곳은 어디인가
그럭저럭 살았다 고개 숙여 살았으니
때가 왔다 오늘이 내 인생길 말이요

따뜻한 물수건을 손에다 꼭 쥐고서
열 번 백 번 밀었다 때밀이 수건 들고
세종대왕 몇 잎을 광주리 속에 넣고
깊은 밤 목욕탕에 김만 자욱한데
버려진 수건들이 여기저기 나뒹군다
돌아가는 시계도 내 발길 재촉한다
구석마다 때 국물 분칠을 하였어도
늘어진 이 곰퉁이 꾹 참고 살아간다.

선 물

누가 줬는지 참 멋지다
누가 보냈는지 참 시원하겠다
그 사람이 누구인지 천사이구나
시시때때로 보내오니 그 사람 복 받겠네
오늘 이 옷 입고 외출하면 기분이 나고
내일도 이 옷 입고 나가면 행운이 오겠지
날마다 즐거워라 나는 이렇게 산다오
그 사람 이름도 몰라 양 박사가 아니던가
가양동 거리 벽면에 그 이름 붙어 있어
두 박사 양 박사가 이○○ 한의원이라고
또 보고 또 봐도 이○○ 한의원이라 하네
의학박사도 취득하고 한의학박사도 받았지
이 양반 침 한 방이면 만병통치라
살짝 슬금 꽂는 침이 진짜로 약이 되네
그 양반 널리 알려진 명의이로구나.

우리 엄마

엄마 엄마 우리 엄마 나를 두고 어딜 갔소
날마다 우리들 키우시며 고생고생하시더니
말도 없이 가셨나요 우릴 버리고 가셨나요
배고프면 밥 주시고 목마르면 물주시고
말노 없이 가셨나요 아빠 따라 가셨나요
우리 남매 갈 곳 없어 우리 남매 살길 없네
엄마 엄마 우리 엄마 고생고생하신 엄마
우릴 버리고 가셨나요 극락으로 가셨나요
우리 남매 살길 몰라 빈손 쥐고 부릅니다
어제도 오늘 밤에도 엄마 아빠 부르다가
꿈속에서 찾아갑니다
엄마 아빠 따라갑니다.

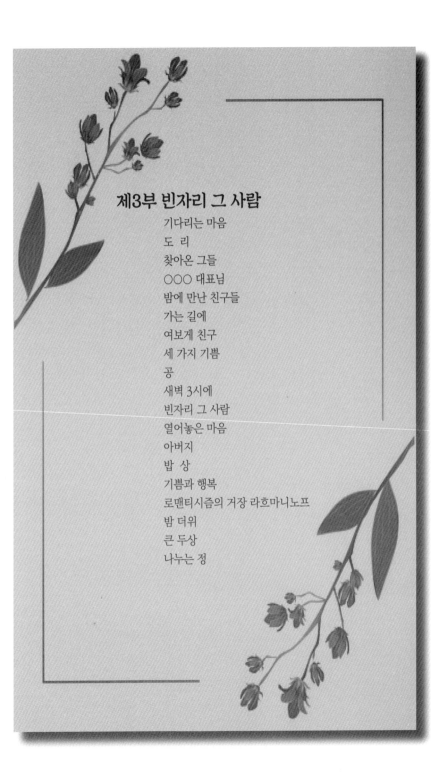

제3부 빈자리 그 사람

기다리는 마음
도 리
찾아온 그들
○○○ 대표님
밤에 만난 친구들
가는 길에
여보게 친구
세 가지 기쁨
공
새벽 3시에
빈자리 그 사람
열어놓은 마음
아버지
밥 상
기쁨과 행복
로맨티시즘의 거장 라흐마니노프
밤 더위
큰 두상
나누는 정

기다리는 마음

벗이라는 놈 있어도
벗다운 놈은 없구나
점심시간이 지나도록
한 놈도 안 오니
벗 놈들 기다리다
배고파서 지쳤다
오늘은 웬일인지
한 놈도 안 오네
때가 되면 전화라도
한 번쯤은 해줘야지
그 놈도 이 놈이고
이 놈도 그 놈일세!

도 리

손에 든 빵 봉투
땅바닥에 놓지 않았는데
다 먹고 나면
땅바닥에 내 버린다
사람이 사람 노릇 할 때는
의리를 지키는데
필요할 땐 친구가 되고
정치할 때는 남이 되었군
간사한 사람 마음 쥐만 못하니
인간사 사는 것이 철면피가 아니더냐?

찾아온 그들

아쉬울 땐 찾아오고
필요하면 부탁한 그들
가는 곳마다 사는 곳마다
그들이 서성인다
아무도 그들을 반기지 않는데
그들은 어디 가나 체면도 없다
오나가나 철딱서니가
고개를 넘어가고
위급할 때 부탁하면 돌아서 버린다
울고불고 애원해도 바라만 보는 그 사람들
철 지난 배추포기라 할 말은 없다
사람 사는 세상이라 잡석들이 판을 치니
어쩔 수 없어 그냥그냥 세월만 가버린다
어제 그제 그들이 언제 그 자리에 있었던가
아무것도 모르면서 중심에 서서 행세하네.

○○○ 대표님

높은 자리에 올라앉으면
그분의 언행일치에
마음과 정신이 보입니다
작고 큰일마다 그분의 얼굴이 보입니다
말씀 한마디에서 본심이 보이고
행동 한 발짝에서도 모두가 보입니다
큰 사람과 작은 사람의 차이가 보입니다
힘 있고 돈이 많으면 본성이
더욱 또렷하게 비칩니다
이런 점은 누구도 감출 수는 없나봐요
그들도 사람이니까요!

밤에 만난 친구들

고요하고 깊은 밤중에 보내온 몇 마디가
큰 힘이 되고 마음도 감싸 안는다
답글에서 진솔한 말을 해줄 때마다
동질감에 빠지기도 한다
이런 것이 한밤중에 서로 나누는
우리만의 정이 아니겠는가?
파고든 가슴속에 따뜻한 눈물도 나누고
행복한 기운도 얻는다
짧은 답글 한마디가 새벽 창문을 열어준다
외로울 때나 괴로울 때나 힘들 때나
슬플 때나 보내 준 그 한마디가
다시 태어나는 내 마음이다.

가는 길에

가는 길마다 사연이 있고
오는 길마다 곡절도 있다
인생사 이런 것 아니던가
갈 때는 해가 뜨고 올 때는 구름이 끼고
기쁨도 슬픔도 함께 하는 인생인데
희망의 꿈을 품에 안고 일생을 살아왔다
열매가 익어갈 땐 나도 늙어 백발이 되고
두메산골 한밤중은 등불이 나였다
한 발짝 두 발짝 걷는 길도 모두가 삶이었다
일생일대 쉬지 않고 하던 일이 무엇인가?
보석을 찾았는가 출세를 바랐는가?
하던 일 남겨놓고 떠나가는 인생길에
신세 진 빚 갚고 가야 극락도 있다 하네
큰 것도 작은 것도 주고받고 배웠으니
가다 오다 주운 돌 하나도 내 것이 없었지
세상에 태어날 때
우리 모두 빈손 아니넌가?
천지가 진동해도 신세 진 빚들일랑
꼭 갚고 홀가분하게 가야 하네!

여보게 친구

여보게 친구
거짓말하지 말게
돌아서면 알 일인데
거짓말을 왜 하는가?
하고 많은 숱한 날들
아등바등 살 텐데
어찌하여 작은 것도
거짓말을 해대는가?
차곡차곡 쌓여가는
시간은 그리도 많은데
밝은 마음 가슴 열면
거짓말이 독이라네
쌀 한 톨 말 한마디도
깨끗해야만 피가 되네
여보게 친구야
거짓말을 하지 말게.

세 가지 기쁨

첫 번째 남을 가르쳐주는 것이
최고의 기쁨이요
두 번째 남들과 나눠 먹는 것이
최고의 기쁨이며
세 번째 내 마음 남을 돕는 것이
최고의 기쁨이라
날마다 즐거움이 쌓여만 가니
최고로 나는 행복합니다.

공空

손에든 돈을 놔 버려라
머리가 편하다
가슴에 둔 마음도 놔 버려라
온몸이 편하다
욕심이 여기서 출발한다.

새벽 3시에

촉촉이 적셔주는 비가 내린다
긴 가뭄이 해갈되려나 보다
우리 집 차고 위에
토닥토닥 소리로 알려준다
어젯밤에는 목이 말라
참지 못하고 칭얼대더니만
땡감 몇 알이 떨어지니
오늘 밤에는 이따금씩
빗소리가 그것을 대신하는구나!

빈자리 그 사람

기러기 날아가니 강물이 울고
식탁의 웃음소리 멀어져갔네
외로운 밤○식당 빈자리가 뉘 자리인고
날마다 보던 얼굴 그 사람만 안 오네
떠나간 기러기도 다시 돌아오는데
빈자리 그 사람은 돌아오지를 않네
20년 그 자리에 앉은 그 사람
어제도 오늘도 그 사람만 안 보이네.

＊ 그 자리 그 사람 '저자'라 하네.

열어놓은 마음

남을 가르쳐 줄 때 행복하고
남이 어려울 때 보태주는 것이
더 행복하다
남들이 안 하는 일을 찾아
노와술 때도 행복하다
서로 나누며 주고받고 권하는
그 술 한 잔이 최고의 기쁨이다.

아버지

꿈속에서나 뵐까 하여도 아버지는 안 오시고
논 가에서 뵐까 해도 아버지는 안 계시네
외로울 때는 왜 어머니 아버지가 생각날까?
철없던 시절 아버지 말씀 안 듣다가
목침 위에 올라가 회초리 맞고
서 있던 생각이 떠오릅니다
하루 종일 친구들과 재미나게
놀다가 들어와 매를 맞았지요
소먹이 가라고 하셨는데 안 나가고
황소 배를 굶겨버렸다
아버지 지금이라도 매를 때려 주세요
이렇게도 말썽꾸러기를 키워주셨습니다
어머니는 아들이 매를 맞으면 덜덜 떨고 계시고
아버지는 가슴 속에 뜨거운 눈물을 가두셨습니다.

밥 상

어머님이 차려 주신 밥상은
항상 따뜻하고 즐거웠다
맛난 음식마다 마음껏 먹었다
냉장고가 없던 시절에도
어머님의 정성은
쉰 음식이 없었다
보리밥 먹을 때는
쌀밥이 그리웠고
쌀밥을 먹을 때는
고기반찬이 그리웠다
감자나 고구마로 끼니를
때울 때도 배불리 먹었다
어머님이 차려 주신 밥상은
아무 반찬이나 다 맛이 있었다
쌀 한 톨 콩 한 줌도 사랑이
듬뿍 담겨 살아 숨 쉬고 있었다.

기쁨과 행복

서로가 말할 수 있어서 행복합니다
서로가 손짓할 수 있어서 행복합니다
서로가 이해해줘서 행복합니다
서로가 글을 주고받아서 행복합니다
서로가 노래할 수 있어서 행복합니다
서로가 술 한 잔 나눌 수 있어서 행복합니다
서로가 기쁨을 줘서 행복합니다
서로가 서로를 위해서 이렇게 행복합니다.

로맨티시즘의 거장 라흐마니노프*

바람도 잠들고 음률은 가라앉는다
살며시 선율 따라 치고 빠지는 피아노 소리는
관객들의 깊은 감성을 잠재운다
악기마다 가느다란 실오라기 줄을 타고
귀와 눈으로 들락거리니 눈은 떠 있어도
잠을 자고 멀리 날아간 새들이 강단을 채운다
절절히 흐르는 안개 소리가 관객들을 사로잡고
가끔 왔다 갔다 밀고 당겨주는
바이올린 끝줄에 저 멀리 뱃머리도 떠나는구나!
탕탕 치고 쭉쭉 밀고 가슴속이 텅 비었다 가라앉고
비올라 첼로도 커다란 드럼 소리
산길을 잇는 나무꾼 등짐도 가볍게 하구나
끌고 간 선두마차 피아노 마디마디가
54명의 손발 움켜 묶었다 놨다
우렁찬 화음은 장내를 진동한다
악사들의 힘찬 막대기가 휘두르고
음률 음소 신율 파장이 장내 관중늘
가슴 속에 들어앉는다
고요한 잔상들만 남았다 사라지고

다시 돌아와 손끝 발끝 건드리니
우렁차게 천둥이 진동한다
날아갔다 사라진 소리가 돌아와
집으로 들어가니
모두가 일어서서 인사로 손뼉 친다.

* 라흐마니노프 : 소련의 작곡가, 피아니스트

밤 더위

밤이 깊어 갈수록 열기는 기승을 부린다
허약한 사람들은 이겨내기가 여간 힘들다
모기 한 마리 귓가에서 윙윙거리고
허벅지 노린 놈은 잠들기를 기다린다
그래 너도 먹고살려고 인내심이 참 강하구나
잡히지 않았으니 포기해버린다
더위는 슬며시 새벽바람을 타고 떠난다
늙은이는 잠을 청해보지만, 날이 새고 만다
이래저래 무더위로 지친 몸은 갈수록 축 처진다
모기가 웅성거리는 이놈의 여름밤아!

큰 두상

앞 뒤꼭지 삼천 리
왔다 갔다 육천 리
돌아가면 구천 리.

* 두상이 큰 사람을 두고 비유적으로 한 말.

나누는 정

먹을 것이 있으면
먼저 가까운 친구들을 부르고
귀한 것이 있으면
먼 곳에 있는 친구도 또 부른다.

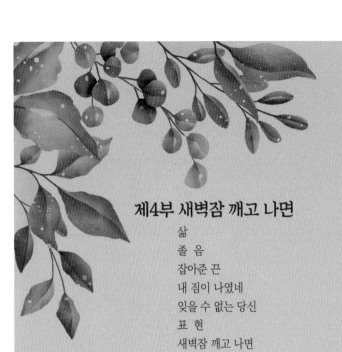

제4부 새벽잠 깨고 나면

삶
졸 음
잡아준 끈
내 짐이 나였네
잊을 수 없는 당신
표 현
새벽잠 깨고 나면
낚시꾼
유 혹
자 유
양면 날개
그리운 고향
피어난 꽃잎
분별심
이것이 뭐~꼬?
단골 식당
미꾸라지의 끈기

삶

글 쫓다가 눈 버린다고
삶을 찾다가 머리 쉰다고
돌아보면 이것도 저것도
모두 다 부질없는 짓이다.

졸 음

성철스님께서 졸음이 올 때의 눈꺼풀이
세상에서 가장 무겁다 하셨는데
나는 놀면서도 책 한 구절 다 못 읽고
눈꺼풀이 들독*만큼이나 무겁다.

* 들독 : 마을에서 제일 힘센 사람들이 정월 대보름에 힘겨루기할 때
　　드는 돌을 말함.

잡아준 끈

쇠줄 끈도 녹슬어 끊어지고
밧줄도 낡아서 끊어진다
그러나 사람들의 마음 줄은
유연하고 길기도 하다
칼로 잘라도 끊어지고
불로 태워도 끊어진다
이 줄도 저 줄도 다 끊어지는데
사랑하고 존경하고 주고받는
진정한 마음의 끈은 영원하다.

내 짐이 나였네

주르륵 내리는 장맛비는
흰 구름 뭉게구름 동무하며 날고
저하늘 푸르러 가을 하늘이 아닌가
창가에 모기떼들 고향 찾아 가버리고
시원한 바람은
시골 장바닥에다 자리를 편다
송골송골 땀방울은
지고 온 등 짐 속에다 묻어버리고
풍성한 과일들은 얼굴 내밀며
농사꾼 허리를 펴주는구나
작년에 지고 온 5박스가
올해는 3박스라니
당신 나이도 어쩔 수 없이
세월이 젊어서 지고 가버렸구려.

잊을 수 없는 당신

— 김정록 의원님

갈 때마다 당신의 눈을 보았소
변함없는 그 마음이 우리를 사랑하였소
우리는 모두가 감동하였소
이것이 우리들의 정 아니겠소
빈손으로 찾아가도 반갑게 맞아주시고
몇 번씩 찾아가도 따뜻한 그 손길
우리의 따뜻한 인연 못 잊을 것이오
당신 사랑을 어찌 우리가 잊을 수 있겠소
날마다 달마다 하루 같이 행복하소서.

표 현

표현은 강도에 따라서 느낌이 다르고
소리도 강약에 따라서 감정을 느낀다
말은 들을 때마다 다르고
얼굴은 볼 때마다 다르며
크고 작은 감각을 느낄 때면
그때의 감격에 빠지기도 해서
웃음이 저절로 나오기도 한다
끊어진 절규는 태풍과도 같아서 오래가지만
이것들이 모두가 우리들의 삶 아닌가?
딱 부러진 어조로 찍어 내릴 때도
마음의 상처가 여울져 메아리친다
우리 하루를 살더라도
웃으며 즐겁게 살아가자.

새벽잠 깨고 나면

모기 세 마리 잡고 나니 정신이 난다
적막이 늙은이 귀를 울리는 건지
고요함이 귀가 잘못된 것인지
가끔 마누라 친구가 되어주는
냉장고 소리 간간이 들리고
곁에는 바짝 붙은 선풍기가
나를 위해 봉사하고 있다
오늘은 무슨 소리로 시작할까?

낚시꾼

끝없는 바다 위에 낚싯줄 던져 놓고
물결 따라 파도 위에 찌만 홀로 외롭네
해는 뉘엿뉘엿 눈꺼풀도 뉘엿뉘엿
바람은 세찬데 고기들은 어딜 갔나
빈 배에 달빛 가득 싣고 한숨만 가득하네.

유 혹

넘어질 듯 넘어질 듯 흔들리지 않는 그 사람
술 한 잔에 젊음을 팔고 기러기 아빠 되었다
쫓기는 인생살이 찬밥, 더운밥 안 가렸다
이리 뛰고 저리 뛰면서 오늘까지 살아왔다
힘들고 괴로워도 의지할 곳이 없었다
가림막 쳐 둔 포장마차가 내 고향 집 아닌가
그 얼굴에 고생하느냐 유혹도 하였지만
눈빛 한 번 안 주는 대쪽 같은 그 사람
절세미인 곁에 와도 차디찬 바위였다
도를 닦던 사람보다 더 독한 그 사람
집안 전통 받들어 절개도 지키며 살아간다.

자 유

마당 개는 먹고 자고 편안해도
때가 되면 보신탕집으로 가지만
들판을 누비는 노루는
온종일 배가 고파도
천지가 자유로워 온종일 내 세상일세.

양면 날개

두려움은
너를 죄수로 만들고
희망은
너를 자유롭게 하리라.

그리운 고향

오늘 밤에도 아버지는 주무시지 않고
우리 식구들을 걱정하고 계셨다
가끔 헛기침하시며 깊어 가는 밤에
귀뚜라미 소리 들으시면서
밤을 지새우셨다
한참을 자다 말고 요강 찾을 때도
아버지는 홀로 앉아 모방을 지키셨다
앞동산 늙은 소나무 가지마다
바람 소리 창문 틈으로 전해주고
춤을 추는 대나무들도
파도치며 단잠을 깨우고
멀리서 들려오는 늑대 울부짖는
소리도 듣고 자랐다
녹음방초 우거진 숲속 파고들다가
꿩 알이 부화하여 꿈틀거리는 모습도 보고
산 토끼 새순으로 점심 먹는
얼굴도 보고 자랐다
고향의 흙냄새가 지금도
내 코앞을 지나간다

나이가 익어가니
기억들은 돌덩이로 변하는데
깨진 조각처럼 추억들이 기어 나온다
볏짚을 쌓아놓고 오르고 내리면서
장난치던 그 시절 다 어딜 갔나?
친구들과 몰래 남의 밭에 들어가
고구마 캐 먹던 시절도 가버리고
이것도 저것도 지금은
다 멀어져 간 옛날이구나.

피어난 꽃잎

맥박이 뛰면 살아있다고 누가 말했나요?
꽃잎이 피었다고 누가 예쁘다고 했나요?
생명의 역사는 이렇게 유유히 흘러가고
멈추면 죽고 흐르면 사는 것을
가다가 지쳐서 넘어지면 죽고
시들어 낙엽 되면 땅 위에 잠들고
생과 사가 피고 지는 꽃잎 같은 것
오늘 우리들 먹고 자고 하는 것이
하늘이 주는 복이라
예쁜 꽃잎 속에 내가 사는 것이라네
힘차게 줄기 뻗어 피어난 꽃
나의 생명도 꽃과 함께
숨 쉬며 편하게 산다네.

분별심

물 한 그릇 담아놓고
누구는 따뜻한 물
누구는 차디찬 물을
마시는 사람마다 취향이 다르네
사람마다 사는 것도 이와 같은 것
마음자리 하나 놓고도 서로가 다르니
옳고 그른 생각들도 모두가 다르네
진정한 정의는 어디에 있다던가?
정도를 찾아가면 가벼운 문이 열리고
깨질 질그릇을 들고 가면 끝이 없다네.

이것이 뭐~꼬?

손가락 하나 들고
이것이 뭐~꼬?
스님이 말씀하신다
1자일까 손가락일까?
아무것도 아닌 무자일까?
도인들은 표현으로 말씀하신다
우리도 말 못 한 어린애 시절에는
손짓 발짓 몸짓으로 말을 전했다
어머니는 그것을 알아들으셨다
가까운 사람이면 이해를 하고
친한 친구들도 알아듣는다
그 사람 그 마음을 알기 때문에
손가락 하나 들고
이것이 뭐~꼬?
경지에 든 사람이나 알아듣는 말씀이다
이 사람은 언제쯤에나
그런 사람 찾아가 만나볼까
다시 어린애로 돌아가서
어머니께 무엇인지 묻고 싶다.

단골 식당

흰 구름 떠가는 파란 하늘에
비구름 날아들어 먹구름이 되더니
먹구름 번개 쳐 사람들이 떠나네
모이던 그 사람들
앉아 있기가 거북스러워
주는 밥도 껄끄러워
먹을 수가 없구나
20여 년 동안 단골집이라
찬밥 더운밥 안 가리고 먹었지만
주인 마담 투정 부려 다 된 밥에
재 뿌리니 먹는 밥이 찬밥이군.

미꾸라지의 끈기

청정수 졸졸졸 흐르는 골짜기에
미꾸라지 한 마리가
온종일 오르내린다
한 뼘도 못 오르면서
물살은 왜 헤치는가?
헤엄치기도 미끄러운데
기는 발도 없는 네가
온종일 오르고 내리다 보니
해가 지치면서 저문다.

제5부 잊혀 간 기억

무형의 친구
돌아온 고향
물 위에 써 보는 추억
다닐 행 댕길 행
정치는?
잊혀 간 기억
잡아 온 조개
친구들
사 랑
나는 누구여?
생사의 길
인연의 끈
꿈속의 꿈
가르침
교 양
근 본
새벽이 청도
청도의 아침
술꾼들

무형의 친구

빛은 어두우면 어두울수록 빛나는데
사람 마음은 시간이 갈수록 멀어져가네
날마다 만나던 그 사람도
안 보면 멀어지고
가끔 잊지 않고 찾아온 친구는
만나면 더 반갑더라
해진 자리 홀로 앉아 도를 닦으니
하늘을 알고 땅의 은혜를 알았네
소리는 멀리 날아가 사라지지만
서 있는 이 자리는 떠나지 않고
나와 함께 오손도손 이야기 하고 있네.

돌아온 고향

아버지 날 낳으시어 이 땅에서 가르치시고
어머니 날 보살피며 이 땅에서 키우셨네
두 분 곧 아니시면 나 어찌 있으리오
조상 대대로 낳고 자란 내 고향 동촌마을
고향의 흙냄새가 나를 반겨주네
객지 생활 고단할 때는
고향 찾아오면 훨훨 날아가고
강산이 변하여도 찾아오면
언제나 반겨주는 내 고향
심신이 외로워도 병원보다 더 편하더라
팔도강산 어느 곳이 내 고향만 하리오
포근한 고향 땅에는 아버지도 계시고
우리 어머니도 계신다네.

물 위에 써 보는 추억

잔잔한 파도가 왔다가 사라진다
그 위에 추억이 떠오른다
파도 타고 돌아온다
바라본 옛 추억이 완도 명사십리에서
다시 화사한 꽃을 피운다
1967년 8월 그 어느 날
명사십리에서 저 넓은 바다를 바라보며
무엇을 그렇게도 골똘히 생각했는지
주름진 파도 따라 옛 추억이 다시 밀려온다.

다닐 행 댕길 행

어린 시절 두 분의 선생님이 계셨다
우리말 우리 글을 가르치셨다
초등학교에서는 다닐 행이라 하시고
서당에서는 댕길 행이라고 가르치셨다

초등학교 교과서에는 표준어로 말하고
서당에서는 사투리로 가르쳐 주셨다
'行' 한자어 하나를 놓고
낮과 밤으로 그 뜻이 갈렸다
매를 손바닥에다 맞았다
서당에서는 이놈아
댕길 행이란 말이다 하시고
또 초등학교에서는
다닐 행이라고 또 한 대 맞았다.

정치는?

깨끗하면 당선되고
부정하면 떨어진다.

잊혀 간 기억

또박또박 끊어 담은 이름 석 자들
하나둘씩 기억들이 잊혀 간다
하나둘씩 모아둔 이름들인데
멀리멀리 한 명 두 명 사라져 간다

주섬주섬 모아둔 이름들이
저 멀리서 부르며 손짓을 한다
사진 속에 그 얼굴 바라보면서
그대 이름 기억 안 나 머릿속을 뒤적거린다
오늘 만난 내 친구 너는 누구냐?
오래전에 함께 지내던 옛 친구 아닌가?
이름 몰라 한참 동안 어물거린다
이거야 정말 늙은이 다 되었구나
너 늙은 건 모르고 날 보고 말하나?
어제 지나간 그 시간을 잡지 못하고
선생님 가르침도 기억 못 하니
말문이 하나둘씩 버벅거린다
가는 곳마다 만나는 그 사람마다
저 잘난 한마디씩 유식을 뽐낸다

듣는 사람 보는 사람 귀가 따갑다
늙은이 늙을수록 귀한 말씀에
젊은이 귀 기울이고 그 말씀 들을 때는
늙은이도 젊은이도 밥값을 하네

청춘은 꽃이요 늙은이는 낙엽이라
발길마다 손짓마다 그냥 가지 말고
사라진 후 이름 석 자 후손들에게 남겨서
닳고 닳아진 몽돌처럼 값지게 빛내세!

잡아 온 조개

캐 온 조개 속을 누가 알겠는가?
딱딱한 갑옷 입었으니 입도 못 연다
한 바구니 가득 잡아 집에 와 보니
어느 놈이 뻘(개흙)이 들었는지 일 수가 없네
엉큼한 놈은 하루 종일 깊은 잠만 자고
살아있는 조개들은 미소를 짓네
우리 마음 사람 마음을 누가 알겠는가?
열두 번 말을 해도 그 마음 모르는데
감춰진 가슴 속엔 시커먼 뻘(개흙)만 차 있는데.

친구들

볼수록 나눌수록 갈 길이 바쁜 사람들
시원한 밤바람이 발길을 붙잡는다
나그네 인생 4인방이 하늘정원에 앉아
숲 향기 빈 술잔에 담아 별과 함께 마신다
주는 술잔은 내 버리고 오래 살자 약속하니
재미는 가버리고 이 밤도 깊어만 가네.

사 랑

제아무리 명주에 취한다 한들
내 임만 하리오
만나면 더 보고 싶고
눈빛은 더 아름다워
누가 누구를 그리워하는지
그놈의 정이 또 나를 당기네.

나는 누구여?

초라한 모습으로 나를 찾는다
처량한 이 신세를 볼 수가 없어
홀로 서서, 홀로 걸으며,
홀로 앉아 이야기한다
나는 누구여?
물 위에 떠 있는 나뭇잎처럼
내 마음 실어 놓고 나를 바라보며
밑도 끝도 없이
어디서 왔다 어디로 가야 하는가
공의 세계가 허공인데, 티끌 하나 떠 있구나
날아가는 새도 날아가는 비행기도
티끌이고 내 마음 한 자리도 허공이다
나는 누구여?
오늘도 나는 나를 찾는다.

생사의 길

몸이 가벼우면
길이 멀어지고

몸이 무거우면
길이 가까워진다.

인연의 끈

사랑도 의리도
친구도 선후배도
모두가 인연이라네
만나고 헤어지는 우리
먹다가 버리는
과일이 되지 말고
다 먹는 과일처럼
우리가 사는 것도
이런 인연이라네.

꿈속의 꿈

좋은 꿈은
마음에서 오고
나쁜 꿈은
생각에서 온다
좋은 꿈은
나의 진로를 알려주고
나쁜 꿈은
그날의 사고를 알려준다
좋고 나쁜 양면의 꿈은
바른 생각과 바른 마음에서
살며시 예언해준다.

가르침

열어두어라
빛이 들어온다
그 빛은 영롱한 빛이다
담아둔 연기는
열어두면 날아가지만
담아둔 지식은
열어두면 빛이 밝아진다.

교 양

가까이하면 거칠어지고
멀리하면 눈치를 본다
그대는 덜된 사람이기 때문이다
믿고 말하면 돌아서서 남에게 말하지 마라
그대는 덜된 사람이기 때문이다
개발해둔 특허품 빼다 팔지 마라
그대는 덜된 사람이기 때문이다
선거 때만 되면 의리를 저버리지 마라
그대는 덜된 사람이기 때문이다
믿고 가르쳐주면 회사를 해하지 마라
그대는 덜된 사람이기 때문이다
내 것이 아니면 손대지 마라
그대는 덜된 사람이기 때문이다
안 보이는 곳에 쓰레기를 버리지 마라
그대는 덜된 사람이기 때문이다
급하게 공동화장실 갈 때는 가까운 곳에 들지 마라
그대는 멸된 사람이기 때문이다
모르는 것을 덮어 두지 마라
그대는 덜된 사람이기 때문이다.

근 본

가까이 대하면 막말을 하고
친하다고 본색을 보인다

아무리 가르쳐도 근본이
바로 안 된 자는 고칠 수가 없다.

새벽이 청도

선인들이 모여서 사는
중국 칭다오(청도)
기후도 인심도
모두가 고향 같네
새벽 공기 뚫고 나서
발산초교 그 공기가
여기 청도 거리마다
향기 가득 퍼지네.

청도의 아침

술맛의 밤은 깊어도
문학의 학문만 못하다
주거니 받거니
나눈 술잔이
인생역전일세
꽃구름 타고
왕자가 되었어도
술기운 깨면
그 자리는 낯선 나그네.

술꾼들

문학의 밤은 짧고
술맛의 밤은 깊다.
그렇지만
술맛이 문학의 밤을
이끌어 간다.

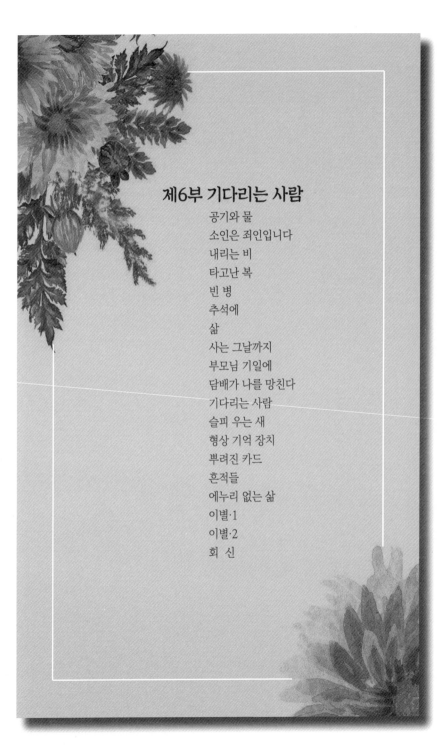

제6부 기다리는 사람

공기와 물
소인은 죄인입니다
내리는 비
타고난 복
빈 병
추석에
삶
사는 그날까지
부모님 기일에
담배가 나를 망친다
기다리는 사람
슬피 우는 새
형상 기억 장치
뿌려진 카드
흔적들
에누리 없는 삶
이별·1
이별·2
회 신

공기와 물

공기는 아버지요
물은 어머니다
맑은 공기는 날아다니며
생명을 잠 깨워 주고
날마다 어질러 놓은 뒤처리는
물이 해준다
말없이 움직이는
공기와 물처럼 살아가면
우리 땅도
극락 천국이 되겠지.

소인은 죄인입니다

타고난 짐을 지고 나왔으니
그 짐을 지고 가라 하였습니다
그것이 나의 길이요
내가 살 길입니다
그렇게 살라하였습니다.

내리는 비
— 추석 전날

주룩주룩 내리는 빗줄기가
세상을 씻어주네
떨어지는 빗방울은
땅속을 적셔주고
숨 쉬는 생명은
고개 들고 일어서네
우리 함께 손을 잡고
밝은 세상 지키면서 살아가세.

타고난 복

사람을 가리지 않고
많이 만나는 사람은
쌀가마니와 같고
굵직한 사람을
만나는 사람은
콩가마니와 같다
영롱한 쌀의 만남은
세상을 넓게 사는 것이고
굵은 콩을 만나는 사람은
앞으로 나가서 일하는 사람이다.

빈 병

네가 보면 빈 병이요
내가 보면 시가 된다
네가 보면 쓰레기요
내가 보면 생활용품이다
너의 마음속은 버리고
나의 마음속은 사용한다
이것이 우리들 생각이 아니던가?
버리는 자는 가난하게 살고
모으는 자는 부자로 사는 진리다.

추석에

추석이라고 즐거워하네
손주 있다고 기뻐들 하네
부모님 계신다고 자랑들 하네
가족들 모인다고 오순도순히네
대소가가 많다고 으스대네
그런 나는 누구인가?
친구들 많다고 자랑하지요.

삶

생각을 놓치면
정신이 달아나고
정신을 놓치면
의욕이 상실되고
가고 오고
들고 나고
이런 것들이
우리들의 삶이 아니던가!

사는 그날까지

밤마다 꿈마다 괴로운 몸이
한 숨으로 두 숨으로 잠을 이룬다
평생을 짧은 삶으로 뒤척이던나
뭘 그렇게 생각하실까?
무슨 그림을 그리실까?
살길 막막할 때
별을 보고 이야기했지
오랜 세월 살다 보니
이렇게 습관이 되었다
내일 할 일 받고 놀 때는
날밤을 새우고
주어진 일 있을 때는
달빛 밟으며 일을 했지
그렇게 저렇게 살아온 세월
오늘 밤에도 뒤척이다가
또 날이 밝아오는구나!

부모님 기일에

가는 밤 깊어 갈 때는
부모님 생각뿐이었네
아무리 불러 봐도 들을 수 없었는데
밤마다 그리워하며
부모님 생각뿐이었네
천 리 타향 서울에서 그리던 부모님
나도 울고 어머님도 울고 계셨지!
서울 밤하늘 흐릴 때는
어머님이 걱정되었지
이제나저제나 내려오지 않을까
하시는 어머님
고향 밤하늘 쳐다보시며
아들 걱정하시네
세찬 비바람 몰아칠 때는
한숨도 못 이루시었네
눈이 오나 비가 오나 걱정하시던
우리 어머님
지금은 저 하늘나라에서 아들 보며
또 울고 계실 거야!

담배가 나를 망친다

당신이 좋아해서 태우는 흡연이
당신의 죽음을 자초합니다
당신이 이 세상에 태어날 때는
아름다운 세상의 빛을 보았지
아버지도 어머니도 기뻐하셨지
눈만 뜨면 건강하라고 말씀도 하셨지
하늘 같은 부모님 말씀 잊으셨나요
지금 즉시 담배 끊고 가족들 걱정하세요
문밖 출근할 때도 담배 물고 나선 당신
친구들도 손님들도 길 가는 학생들도
담배 연기 한숨에 폐암 환자 늘어갑니다
날마다 고통받는 폐암 환자들
생生과 사死로 버티면서
이렇게 최후까지
히덕거린다네.

기다리는 사람

시간은 자꾸자꾸 가는데
기다리는 사람은 왜 안 오시나
신문도 없고 TV도 없어
답답한 마음 초침만 따라간다
모처럼 만나자는 사람이라 궁금하고
서로가 길이 달라 골목을 나눠 헤맸다
푸르른 가을 하늘에 흰 구름 떠가니
기다리는 사람은 어느 길에서 헤맬까?

슬피 우는 새

눈물도 없이 흐르는 눈물
가슴에 맺힌 새 한 마리
바람도 쉬어가며 눈물을 닦아주고
깊은 한숨에 한없이 흐르는 눈물
적막이 함께 동무하며 위로하는구나
떠나버린 슬픔 뼛속까지 저리며
한 방울도 남김없이 가슴을 태운다
한 마리 새 그 자리 옆에 빈자리 있어
끝없는 그리움으로 저리 슬피 우는구나!

형상 기억 장치

어제 본 그 모습이 오늘 보니 다르구나
내일 만나면 그 얼굴은 어떤 얼굴일까?
하나가 둘이 되고, 둘이 하나가 되니
나 어찌 그 마음을 분별하리오
바른 길은 가깝고 빨리 가는데
구부리면 갈 길이 멀기도 하고
하루를 살아도 정도正道로 바라보면
그 길만이 우리가 살길이니
이제는 두 얼굴이 되지 말아야지!

뿌려진 카드

광고물 카드가
문 앞마다 떨어져 있다
이들처럼 부지런해야
먹고들 산다
상기 앞에도 떨어져 있다
미워할 수 없는 사람이다
카드를 뿌리고 다닌
그 사람은 누구인가
얼마나 부지런하면
꼭두새벽부터 뿌릴까
그대는 잘 살리라 꼭 성공하리라
부지런해서 잘 살아가겠지.

흔적들

옛사람들은
자연을 벗 삼아 살아갔다
오늘 우리들은
온 천지에 쓰레기만
남기며 살아가고 있다
후손들은 이 고통을 떠안을 것이니
조상들이 남겨준 고통아니겠는가
세상에서 제일 거친 동물은
추한 인간들이다
이들이 남겨놓은 유물은
저렇게 썩어버린 오물뿐!

에누리 없는 삶

다가온 연말이
나를 쫓는다
추억을 찾아가도
나를 따라오고
기익을 디딤이도
나를 따라붙는다
용서도 없고
깎아 주지도
않는 세월
지나간 그 세월은?
그 사람의
그림자일 뿐이다.

이별·1

왔다 갔다 돌아갈
인생길인데
추억만 남기고
떠나간 나그네
사랑도 버리고
떠나야 하네
그리움도 버리고
떠나야 하네
한 잔 술에 눈물만 남기고
멀리 간 그 사람
꿈 같은 그 날 밤을
마냥 못 잊어 하네.

이별 · 2

당신이 내 곁에
있어만 주신다면
나는 당신 곁에서
영원하리라
한세월 수 세월
당신만을 보면서
이 세상 끝날 때까지
당신뿐이라오
돌아올 새 세상에도
당신뿐이고
다시 만날 그 날까지도
당신뿐이오.

회 신

보내주신 시 한 수가
눈물을 보내 주셨습니다
보면 볼수록 기가 막힙니다
79세 노객의 한 말씀 글귀는
하늘 위에 날고
걸어온 짧은 길이
너무나 허무합니다
뜨거운 태양 아래
함께 즐기던 추억들이
한 골 한 골 골인하던 발재간*도
순간에 저무는 기쁨입니다
서산에 지는 해도
우리를 보며 웃고 가고
따라온 초승달도 우리를 보며
쉬엄쉬엄 가라 하네요!

* 발재간 : 발재주

시부모님 참다운 말씀에
뜨거운 눈물만 쏟고

장 희 구

문학박사 · 시조시인 · 수필가 · 문학평론가 · 교실가
한국시조협회 부이장 · 현대문학사조 주간 · 문학신문 주필

　지현경 시인은 2015년 9월 30일에 그의 처녀시집
『洞村의 바람 소리』를 펴낸 바 있다. 2019년 5월 27일
에는 초판과 재판으로 제2시집 『길 위에 홀로 서서』를,
제3시집 『한 길에 서서』를, 제4시집 『고운 목소리 떠난
자리』를, 제5시집 『꿈은 살아 있다』 등을 초고속 승진을
거듭하여 발간해 지역사회가 떠날 듯한 폭넓은 칭찬이
잇따랐다. 또한 제1시집과 제2시집에는 이용대 시인이
5~6편씩의 작품을 골라 〈해설〉을 덧붙여 작품성을 널
리 소개했다. 이번 제6시집은 『파고든 가슴』을, 제7시집
은 『시 속의 농부』 등 2권을 출간하며 여기 평자의 〈해
설〉을 덧붙인다. 2015년과 2019년에 두 번씩이나 작품
집을 상재하면서 성대한 출판기념회에 참석한 '가객(佳
客)'들이 마련한 기념식장에서 축하의 면면을 남겼던 '가
객(歌客)'다운 흔적을 곱게 담아냈다.

지현경 시인은 제7시집 『시 속의 농부』 서문 첫 구에서 "노르웨이 시인 울라브 하우게(Olav H. Hauge 1908~1994)의 시와 함께 하게 되었다"고 실토했으니 그 무엇과 견주었을까? 그래 이것이 알맞았다고 생각했다. 고국 노르웨이 울박에서 태어나 1994년 세상을 떠날 때까지 과수원 농부로 평생 일하며 살았으니, 그래서 그의 언어나 시어들은 그 일상을 자연스럽게 표현했다고 했다.

그렇지만 지현경 시인의 작품은 꼼지락거리면서 읽으면 구김살 없는 순수성을 지닌 작품이 대종을 이룬다. 흔히들 문학성이 높은 작품은 있을 듯 말 듯한 비유와 상징을 척척 걸쳐야 한다고 말하지만, 그는 있는 그대로, 보는 그대로, 그리고 느낀 그대로 강인함을 확보해서 좋았다. 따라서 작품을 일구어가는 힘은 우람한 뿌사리에 비견된다고 할 수 있지 않을까 생각해 본다.

작가가 여기에 상재한 110편의 작품 중에서 〈해설〉로 이끌어 낸 7편의 주제는 다음과 같다.

1. 「가슴 속 눈물」을 그 누가 닦아주나
2. 시부모님 참 말씀에 「뜨거운 눈물」만
3. 「빈자리 그 사람」, 어디에 있다던가
4. 문명의 소리에 「새벽잠 깨고 나면」
5. 「잊혀 간 기억」 속에 지구를 살리려
6. 「기다리는 사람」 순애보에 사랑 담고
7. 결어 : 노객이 보내주신 「회신」의 말씀

1. 「가슴 속 눈물」을 그 누가 닦아주나

인간의 삶은 눈물이 아닌가 모르겠다는 생각이 넓은 시상으로 바탕을 깔아 놓았다. 아마 그럴 것이라는 가정이 더욱 설득력을 얻지 않을까? 어머니 뱃속에서 태어난 순간부터 눈물을 머금고 태어났다가, 세상을 살면서 속 깊은 눈물을 흘리다가, 죽어갈 때도 통회의 눈물만을 흘렸으니…

얼마나 울어야 눈물이 마르나요
얼마나 살아야 인생이 끝나나요
힘든 삶이 눈물을 주었습니다
괄시받던 시절이 눈물을 주었습니다
차가운 세상은 눈물이었습니다
환경이 같아도 눈물이 나고
슬픔이 같아도 눈물이 났습니다
우리가 사는 것이 이런 것이라고
고생하는 사람들 보면 눈물이 납니다
어렵게 성공한 사람도 동정의 눈물이었습니다
사람들 사는 삶이 모두가 눈물 아닌가요
어제도 하루 종일 나의 행사를 위해
도와주시니 눈물이었습니다
- 「가슴 속 눈물」 전문

시인은 가슴 속에 담긴 한 맺힌 눈물을 손으로 닦고 있다. 훔치는 눈물이 빗줄기보다 더, 시냇물보다 더 진

했을 것이다. 그렇지만 이를 악물고 참아왔다. 시인은 '얼마나 울어야 눈물이 마르나요? 얼마나 살아야 인생이 끝나나요'라는 한 맺힌 하소연을 토해냈다. 그 눈물은 힘든 삶이었을 것이고, 괄시받던 시절이었을 것이며, 차가운 세상의 눈물이었음을 실토했을 것이다. 고향에서는 더 이상 살 수가 없어서 소 판 돈은 구기어 담고 **영산포역**에서 완행열차에 몸을 싣고 무작정 서울을 감행했던 쓰라린 눈물이었음을 실토했다. 이러한 눈물을 두고 시인은 "환경이 같아도 눈물이 나고 / 슬픔이 같아도 눈물이 났다"는 피맺힌 실토를 했다. 우리들은 이것을 보릿고개라고 했고, 초근목피(草根木皮)라고도 했다. 그것은 진정 어머님의 한숨이었고, 어머님의 눈물이라고도 했다. 시인은 끝내 참아 흘리다가 말라버린 가슴 속의 눈물이라고도 했으리.

화자는 더 이상 참을 수 없는 고통의 눈물을 흘렸기에 가슴속의 한이 되어 흘렸던 눈물의 서글픔이란 시제를 붙였으리라. 시인의 입을 빌은 화자는 우리가 사는 것이 이런 것이라면서, 고생하는 사람들의 하염없이 눈물이 난다는 어설픈 동정의 눈물을 흘렸다. 그렇게 흘리는 눈물은 어렵게 성공한 사람도 모두가 동정이었을 것이라고 거들게 된단다. 질곡의 사무침을 등에 짊어지고 넘기기 어려운 시간을 인내했고, 참기 어려운 사람들이 살고 있는 삶의 모두가 눈물이 아니었는가를 되묻는다. 이것이 우리 선현의 삶이었음을 구김살 없는 누덕지('누더기'의 방언)를 실오라기 하나도 없이 차분하게 벗기고 만다. 역사의 현장은 질곡의 현장을 다 조명하지 못한다. 그러나 문학의 실체는 가능하다는 실증을 보여준 실례다. 화자가 하소연하는 시름은 어제도 하루 종일 나의 행사를 위한 눈물이라고 했다. 사람이 살아가는 따뜻한 눈물이란 '정곡(正鵠)'이란 한 줄을 짚어냈다.

2. 시부모님 참 말씀에 「뜨거운 눈물」만

외로워서 실컷 울고, 즐거워서 원 없이 운다. 배가 고파 울고 타향살이로 괄시를 받아서 울었다. 우리네 아낙들은 혼자의 슬픔을 다 이기지 못해 울었고, 그렇게 실컷 울고 나면 그나마 속이 시원하여 빙긋하게 웃었을 때가 더러 있다. 가슴 적시는 뜨거운 눈물로 마음을 달래면서.

　　　슬퍼서 울고 외로워서 울고
　　　괴로워서 울었다
　　　차디찬 골방에서
　　　끼니 걱정해서 울고
　　　개지 타향 괄시빈아
　　　외로워서 울었다
　　　시어머니 등쌀에

남편까지 편을 들어서 울었다
다시 보자 그 눈물,
돌아보니 어제일세
자식들은 대학가고
나도 늙어 주름인가
흰머리 백발이라
찾아오는 이도 없구나
외롭도다 슬프도다
나도 이제 늙었도다
꽃다운 젊은 시절
다 어디로 가버렸나
시부모 시집살이
나도 늙어서 듣는구나!
흐르는 세월이 나를 슬프게 하네
떠나신 시부모님 말씀들이
나에게로 돌아와서
한 말씀 한마디마다
귓전에서 맴돌아가니

이제서야 철들었나
하시던 말씀마다 미웠던고
시간 가고 세월 가니

시부모님이 생각나네
오늘 와서 빌어본들
용서가 뜨거운 눈물이네!
– 「뜨거운 눈물」 전문

도종환 시인은 '눈물' 시의 마지막 구에서 다음과 같이
읊었다. "아가 깨지 말고 자렴 / 아침이 올 때까지 / 마

음속에 따사로운 햇볕 그득 담으렴 / 무슨 꿈을 꾸는지 생긋 웃는 우리 아가 / 눈물 젖은 머리맡에 부서지는 별빛 한 줌"이라 읊었다. 이 시는 별을 보며 깊은 잠에 취해 있는 아가의 단꿈일 수도 있고, 아기를 먼저 떠나보낸 후 하염없이 우는 엄마의 가없는 독백일 수도 있다. 그보다는 후자가 시제인 눈물과 거리가 가깝다. 그렇지만 지현경 시인의 눈물은 달랐다. 삶과 독백, 늙음과 젊음의 마주침이라는 눈물의 독백이었다. 시어머니 등쌀에 남편까지 편들이시 울 수밖에 없는 처절함이다. 그의 눈물은 돌아보니 어제라면서 자식들은 대학에 가고, 나도 늙었기에 눈물이 교차한 시점으로 표현했다. "꽃다운 젊은 시절 / 다 어디로 가버렸나 / 시부모 시집살이 / 나도 늙어서 듣는구나!"라는 늙음을 한탄하는 눈물로 뒤바뀐 모습이다.

화자는 지난날의 나를 되돌아보면서 이제는 흐르는 세월이 나를 슬프게 한다는 잔소리로만 들었던 말씀이 바로 나에게로 돌아와 떨어진다는 서글픈 마음을 담아내는 통회의 눈물을 보인다. 그때 그 시절로 회귀(回歸)해 보는 심정은 가슴 뭉클한 눈물이 후회로 돌아와 부딪친다. 화자는 이를 연상이나 하는 듯이 "떠나신 시부모님 말씀들이 / 나에게로 돌이와서 / 한 발씀 한마디마다 / 귓전에서 맴돌아가니 / 이제서야 철들었나 / 하시던 말씀마다 미웠던고"라면서 참회라는 작은 눈물로 후회

한다. 인간은 되돌아볼 줄 아는 순간, 곧 참회하는 진실한 눈물을 흐르면서 반성하는 데에 초점을 맞추고 있음이란 시상을 만난다. 이와 같은 진실의 샘물이 한 두레박으로 돌아와 치마폭에 쌓이는 것은 인지상정은 아니었을까 본다. 그래서 화자는 다시금 시간이 가고 세월이 가니 시부모님이 간절히 생각난다고 했다. 오늘 와서 용서를 빌어본들 눈물이라는 참회를 가방에 들추어 메는 그러한 심정을 시적인 영상으로 가득 채워 두었겠다.

3. 「빈자리 그 사람」, 어디에 있다던가

　민족시인 윤동주의 참회록에 보면 시인의 뼈저린 참회가 옹골지게 밝혀진다. 화자가 거울을 바라보며 자신을 부끄러워하다가 스스로 눈물을 닦고 바라보는 장면에 목격된다. 화자의 정서와 태도는 회한과 고백이 얼룩진 반성적 자기 심정이 잘 어울려 있는 한 폭의 그림이 보인다.

　　　기러기 날아가니 강물이 울고
　　　식탁의 웃음소리 멀어져갔네
　　　외로운 발○식당 빈자리가 뉘 자리인고
　　　날마다 보던 얼굴 그 사람만 안 오네

떠나간 기러기도 다시 돌아오는데
빈자리 그 사람은 돌아오지를 않네
20년 그 자리에 앉은 그 사람
어제도 오늘도 그 사람만 안 보이네.
- 「빈자리 그 사람」 전문

세계 3대 참회록 속에는 다음과 같은 글이 보인다. "인간도 지나간 어제에서 오늘에 잠시 머물다가 내일로 흘러갑니다. 오는 시간을 거슬러 역행시킬 수는 없습니다. 인간은 현재를 집아 둘 능력도 없습니다. 이 순간도 훌쩍 과거가 됩니다. 그래서 어제를 후회해도 소용이 없습니다. 그러므로 어제를 거울삼아 후회 없는 삶을 이끌어가야 합니다"라 하면서 어제를 거울삼아 후회 없는 오늘과 내일의 삶을 살아야 할 것이라 가르친다. 맞는 말이다. 시인은 회고나 하듯이 '기러기 날아가니 강물이 울고 / 식탁의 웃음소리 멀어져갔네'라는 어제를 가만히 되돌아본다. 그것은 내일의 기막힌 설계라는 한 얼개가 아닐까 하는 생각이 든다. 자신은 이미 생을 다 하고 죽었다는 가정 하에 그가 앉았던 빈자리를 덧없음을 바라본다. 외로운 "발○"식당의 빈자리가 뉘 자리인가를 가만히 묻더니만, 날마다 보던 얼굴 그 사람만 안 보인다는 허상을 매만진다.

어느 시인은 죽어 관(棺)에 들어 있는 자기 시신의 초라함을 보고 통회하며 인생은 어떻게 살아야 하는가를

묻는 시를 보았다. 시신인 채로 묻는 생장이랄지, 저승 사자를 따라 황천길을 가다가 천당과 지옥의 갈림길에서 지난날을 후회하는 시어들을 담아 시적인 지향세계를 맞추기도 했다. 화자가 앉았던 빈자리는 초라했으므로 떠올리는 후회 덩이다. 화자는 굳이 떠나간 기러기도 다시 돌아오는데, 빈자리 그 사람은 돌아오지 않는다는 인생의 도돌이표들이다. '그래 인생은 이렇게 살아야 하는 건데, 그렇게 살았구나 하는 허전함이다'이란 실체인걸. 못난 자기를 되돌아보며 통회의 아픔을 되새긴다. '20년 그 자리에 앉은 그 사람 / 어제도 오늘도 그 사람만 안 보이네'라는 빈자리가 컸었겠으니. 그 자리 그 사람은 바로 화자의 입을 빌은 시인 자신이란 각주(脚註)를 붙여 두었으니, 인생의 한 뒤안길이라는 주석만이 저 멀리서 초라하게 보인다.

4. 문명의 소리에 「새벽잠 깨고 나면」

나이 들면 더 이상 새벽잠을 들지 못한다는 말을 많이 듣는다. 신체적인 결함의 조건이기도 하겠지만, 여러 가지 회한이 주마등처럼 얽히고설키기 때문이리라. 큰 방, 작은 방을 설치고 다니는가 하면, 냉장고 문을 열었다 닫아 본다. 여름철이면 모기 채를 붙잡고 씨름까지 해댄다.

모기 세 마리 잡고 나니 정신이 난다
적막이 늙은이 귀를 울리는 건지
고요함이 귀가 잘못된 것인지

가끔 마누라 친구가 되어주는
냉장고 소리 간간이 들리고
곁에는 바짝 붙은 선풍기가
나를 위해 봉사하고 있다
오늘은 무슨 소리로 시작할까
 – 「새벽잠 깨고 나면」 전문

　시인은 그래서 그랬을까? 한여름에 모기를 잡으면서 두터운 「회개」라는 시상을 부여잡고 무슨 소리로 하루의 문을 열어 시작할까를 자문자답했을 것 같다. 거룩한 하느님의 계시로 인해 쏟아지는 성경(聖經)의 말씀일 수도 있고, 부처님의 자상한 말씀인 불경(佛經)일 수도 있다. 공자님의 거룩한 말씀인 시경(詩經), 서경(書經), 역경(易經)인 삼경(三經)의 말씀일 수도 있고, 이 세상의 가장 핵심을 이루는 중심경(中心經)일 수도 있다. 오늘이란 문 여닫음은 거룩하기를 바랐으리라. 시인의 염원대로 그만 정신이 난다고 했다. 모기 채를 부여잡고 모기 세 마리 잡고 나니 비로소 정신이 바짝 난다고 했으니 중심경의 경지를 깨닫지는 않았을까 본다. 그래서 시인은 '적막이 늙은이 귀를 울리는 건지 / 고요함이 귀가 잘못된 것인지'를 되묻고 있다.

화자의 넋두리는 사소한 자기 푸념으로 하루 일과의 문을 여닫는 그런 심사가 보인다. 귓가를 자극시키는 두 물건 소리가 시인의 귀를 자극시켰음도 잘 알겠다. 이따금 마누라의 유일한 친구가 되어주는 냉장고 소리가 간간이 들리는가 하면, 여름철의 유일한 벗인 선풍기 소리가 바짝 붙어서 '나를 위해 봉사하고 있다'고도 했다. 현대문명의 선물이 자비 정신이란 불경의 가르침을 붙잡아 봉사하고 있음을 떠올린 시상이 곱기만 하다. 그런데 아침을 먹는 둥 마는 둥 출근하는 하늘공원 집필실로 달려가면 또 무슨 소리들이 신호를 보낼까 망설이는 시인의 입을 빌은 화자의 고운 부름이 참맛을 우려내는 것은 아닌지 모르겠다. [그래 오늘도 견디어 보자]는 식인 '오늘은 무슨 소리로 시작할까'라는 기대가 자못 크겠다는 생각이 든다. 하루를 여닫는 저 소리가.

5. 「잊혀 간 기억」 속에 지구를 살리려

'기억상실'과 '잊혀간다'는 서로 다른 의미를 갖는다. 기억상실은 나이 들어 과거에서부터 알았던 지혜와 기술을 망상증에 의하여 잊어버린 현상이고, 이런 기억상실증과는 달리 숱한 업무와 켜켜이 쌓인 세월에 따라 잊혀가는 현상이다. 잊혀가는 것은 자연현상이지만, 기억

상실은 병적인 현상이다. 자연현상은 치유가 가능하지만, 기억상실 치유는 상당 기간의 노력을 요한다.

또박또박 끊어 담은 이름 석 자들
하나둘씩 기억들이 잊혀 간다
하나둘씩 모아둔 이름들인데
멀리멀리 한 명 두 명 사라져 간다

주섬주섬 모아둔 이름들이
저 멀리서 부르며 손짓을 한다
사진 속에 그 얼굴 바라보면서
그대 이름 기억 안 나 머릿속을 뒤적거린다
오늘 만난 내 친구 너는 누구냐
오래전에 함께 지내던 옛 친구 아닌가
이름 몰라 한참 동안 어물거린다
이거야 정말 늙은이 다 되었다
너 늙은 건 모르고 날 보고 말하나?
어제 지나간 그 시간을 잡지 못하고
선생님 가르침도 기억 못 하니
말문이 하나둘씩 버벅거린다
가는 곳마다 만나는 그 사람마다
저 잘난 한마디씩 유식을 뽐낸다

듣는 사람 보는 사람 귀가 따갑다
늙은이 늙을수록 귀한 말씀에
젊은이 귀 기울이고 말씀 들을 때는
늙은이도 젊은이도 밥값을 하네

청춘은 꽃이요 늙은이는 낙엽이라
발길마다 손짓마다 그냥 가지 말고
사라진 후 이름 석 자 후손들에게 남겨서
닳고 닳아진 몽돌처럼 값지게 빛내세!
- 「잊혀 간 기억」 전문

시인은 잊혀 가는 지난 일에 대한 회의심을 시적인 상자 위에 가만히 놓아본다. 우리 말 이름의 특징에 맞게 또박또박 끊어 담은 이름 석 자들이건만, 이를 하나둘씩 기억들이 점차 잊혀 간다는 시적인 상상력이 그토록 투박했지만, 감칠맛만은 훤히 보인다. 시인은 하나둘씩 차곡차곡 모아둔 이름들인데 이제는 멀리멀리 한 명 두 명 사라져 간다는 허탈한 모습을 만나면서 본인도 자못 놀라는 모습이다. 그렇지만 주섬주섬 모아둔 다정스런 이름들이 저 멀리에서 부르면서 손짓한다는 기억을 되살려 본다. 사진 속에 그 얼굴을 바라보면서 그대들의 이름이 기억나지 않아 머릿속을 뒤적거린다고도 했다. 이름을 기억해 보려는 시인의 몸부림이다. '오늘 만난 내 친구 너는 누구냐 / 오래전에 함께 지내던 옛 친구가 아닌가'라고 되묻는다. 세월의 무게만큼 무심코 던지는 또 하나의 착각들이 아니던가. 익숙하게 불렀던 친구 이름을 몰라 한참을 어물거리는가 하면 '이거야 정말 늙은이 다 되었다'고 투정 부리는 현실임을 인정하지 않았던가. "너 늙은 건 모르고 날 보고 말하나? / 어제 지나간 그 시간을 잡지 못하고 / 선생님 가르침도 기억 못 하니 / 말문이 하나둘씩 버벅거린다"는 빗살무늬 투정이 도저히 믿기지 않는다는 듯이 투정을 부린다. 세월을 등에 짊어진 나이 탓이란 투정이 그것이겠다. 시인은 어디를 가든, 어디에 있던 만나는 그 사람마다 저 잘난 한마디씩 유식을 뽐내기에 분주한 모습이란다. 잊혀져간 먼 기억을 되살리는 친구 간의 만남은 그때만이라도 잘 기억하게 만들었을 것이다.

화자는 등이라도 칠 양으로 반기던 친구들이 떠나고 일상으로 돌아와 생각해 본다. 코로나19가 창궐(猖獗)하기 전에 경동시장을 가득 메웠던 군중들의 얼굴을 볼 때마다 자신만만했었는데, 이제는 아니라고 한사코 손사래까지 친다. 「사회적 거리 두기」는 자네나 하라는 듯이 들은 척도 하지 않는다. 화자의 눈에 들어오는 현실은 일상이나 똑같다. '듣는 사람 보는 사람 귀가 따갑다 / 늙은이 늙을수록 귀한 말씀에 / 젊은이 귀 기울이고 말씀 들을 때'는 정중하게 예의를 갖추느라고 늙은이도 젊은이도 그 나름 밥값을 한다면서 시큰둥한 표정을 정중하게 지었겠으나 얼굴에는 웃음기 어린 지 이미 오래인 것 같다. 이미 50년 전에 나온 영화 〈혹성탈출〉의 마지막 장면은 지금도 많은 사람들의 심금을 울려주었음을 잘 기억하고 있다. 유인원(類人猿)이 지배하고 있다는 혹성에서 불시착한 주인공이 우여곡절 끝에 혹성을 탈

출하여 바닷가 모래사장을 묵묵히 걷게 된다. 원래 미국 뉴욕시의 항구 입구에 있었던 "자유의 여신상"이 모래에 반쯤 묻혀있는 것을 발견하면서 더욱 놀라게 된다. 그 혹성이 바로 지구이며, 인류의 문명이 이제 멸망했음을 깨달은 주인공은 그만 주저앉아 절망한다. 유행병이 창궐한 지 이미 50년 전에 지구의 미래를 상상으로 그려낸 지혜와 예언에 고개를 끄덕이게 한다. 이런 점을 인지하고 있듯이 한국의 평화, 살찐 지구를 열망하는 당찬 모습이 장하기만 하다. 다음으로 이어진 말미의 시 구절(詩 句節)은 간접적인 이런 열망을 담고 있음이 아니겠는가 본다. "청춘은 꽃이요 늙은이는 낙엽이라 / 발길마다 손짓마다 그냥 가지 말고 / 사라진 후 이름 석 자 후손들에게 남겨서 / 닳고 닳아진 몽돌처럼 값지게 빛내세!"라는 찬미가 그 한 소절임을 알게 한다. 그 옛날 '우리의 맹세'를 낭송하며, '새마을 노래'를 힘차게 불렀던 그 구성진 시절을 연상해 보는 대목이다.

6. 「기다리는 사람」, 순애보에 사랑 담고

순애보(殉愛譜)는 사랑을 위해 목숨을 버린 이야기가 중심이다. 박계주(朴啓周)가 지은 장편 소설로 1938년 매일신보(每日申報)의 장편 소설 현상모집에 당선되어 1939년

1월부터 6월까지 연재되었고, 같은 해 10월 신문사에서 단행본으로 간행되었다. 시제「기다리는 사람」이란 작품은 순수한 사랑의 노래를 애처롭게 불렀음을 상상해 보았기에 이와 같은 선상 위에 놓아본다.

시간은 자꾸자꾸 가는데
기다리는 사람은 왜 안 오시나
신문도 없고 TV도 없어
답답한 마음 초침만 따라간다
모처럼 만나진 사람이라 쿵쿵하고
서로가 길이 달라 골목을 나눠 헤맸다
푸르른 가을 하늘에 흰 구름 떠가니
기다리는 사람은 어느 길로 헤맬까.
－「기다리는 사람」 전문

위와 같은 〈순애보〉의 주요한 내용은 문선과 명희의 자기희생적인 애정담을 담은 작품이다. 등장인물이 보인 희생정신을 신앙심과 연결시켜 인간에 대한 기독교적인 순애(殉愛)를 제시했다. 안타까운 사랑의 엇갈림을 다양하게 표현하여 많은 대중적 인기를 누렸던 작품이다. 기독교적 희생과 용서의 정신을 나타내는 장면들이 대부분을 차지했다. 지현경 시인은 선경(先景)에서 이런 짐을 감지했듯이 연인을 기다리는 간곡한 마음이 그득하게 담겨 있어 보인다. '시간은 자꾸자꾸 가는데, 기다리는 사람은 왜 안 오시나'라는 설렘으로 연인을 기다린다. 사랑을 '그리움'이나 '기다림'이라 했듯이 시인도 그랬음을 그렇게 그렸으리라. 그 당시의 시대적인 상황이 그러하듯이 신문도 없고 TV도 없었기에 답답한 마음을 초조하게 따라간다고 그려냈음을 충분하게 감지하게 된다. 그래서 '답답한 마음 초침만 따라간다'는 소박한 심정으로 그려냈으리.

　화자의 시선은 후정(後情)으로 이어지면서 이제는 기다림으로 그 정을 도탑게 했다. 사랑하는 사람을 생각하며 만나기로 약속한 시간이 되면 가슴이 울렁거리고 초조하면서 궁금해진다. 알고 있는 골목에서도 서로가 길을 달리하는 수가 있어 엇갈리기도 했다. 화자는 모처럼 만나자는 사람이라 그만큼 궁금했고, 서로가 길을 달리하여 골목을 나눠 헤매면서 한참을 찾아 나서기도 했다. 때에 따라서는 바보가 되기도 했고, 입이 있어도 얼른 말이 나오지 않았기에 버거워하기도 했다. 소년 시절에 즐겨 불렀던 동요를 부르면서 어린이가 되었을지도 모른다. '푸르른 가을 하늘에 흰 구름 떠가니 / 기다리는 사람은 어느 길로 헤맬까'라는 순수성을 가슴에 품기도 했다. 사람들은 흔히들 도란도란 이야기한다. 「사랑에 눈이 멀고, 사랑에 귀가 먹었다」는 시어들이 우리들의 입언저리에 촉촉하게 녹였을지도 모른다. 우리 모두는 늘 그렇게들 잘 컸다.

7. 결어 : 노객이 보내주신 「회신」의 말씀

시인은 79세 노객 한 말씀의 글귀, '회신'에 대하여 송구스런 말씀을 드리면서부터 시작했다. '보내주신 시 한 수가 / 통회의 눈물을 보내 주셨다'고 「회신」하면서 노객의 말씀을 되새김으로 살핀다. 그럴수록 더욱 기가 막히게 된다는 말로 운을 떼면서 고백의 문을 열어젖힌다.

하늘 위에 날고 걸어온 짧은 길이 너무 허무하다는 실토를 한 구절로 삼아 축구시합을 하면서 한 곰 한 곰 골 인하던 발재간(볼을 발로 차면서 재주를 부림) 자랑을 무던히도 해댄다. 지난날을 회고하던 추임새의 한재간까지 안댈까도 생각하며 엮어본다. 아마도 그것은 뜨거운 태양 아래에서 함께 즐기던 추억들이 "순간에 저무는 기쁨"일 것이라는 한 꼭지였을 것이니.

그래서 시인은 지난날 빨리빨리 우리들의 발걸음이나 그런 문화가 오히려 쉬엄쉬엄 가라고 가르치고 있음을 알게 되었을 것이다. 시인의 깨달음은 '서산에 지는 해도 / 우리를 보며 웃고 가고 / 따라온 초승달도 우리를 보며 / 쉬엄쉬엄 가라 하네요!'라며 노객에게 〈반추(反芻)〉하며 주신 고귀한 느낌이란 가르침으로 남겼겠다. 지현경 시인의 진정한 가르침이 없었다면 『시 속의 농부』라는 제7시집이 태어날 수가 있었을까? 이 시집을 발간하여 빛을 보게 되는 제7집 『시 속의 농부』가 이 세상을 깨우치는 작은 끄나풀이 되어 말보다는 실천으로, 어려운 시어보다는 쉬운 시상으로 엮어가는 온 세상의 본보기 시집이 될 수 있기를 기대하면서 제8집이 속간되기를 기원해 본다. 어려운 '시어'보다는 쉬운 '속삭임'이란 대화체 문장들을 찾아내면서 더 좋은 시를 썼으면 좋겠다 참신성을 보낸다. 이제 『8집』, 『9집』, 『10집』이 완성된다면 이른바 10권 1질(秩)이 된다. 단행본 1질이 완성되면 이를 잘 묶어 부모님 전에 정중하게 올려드리면서, 자식들에게 수양 교과서로 삼으라고 곱게 물려주었으면 좋겠다는 두툼한 설레임이라는 생각에 사로잡힌다.

그러하온데, 시간은 잔액이 없습니다
― 지현경 시집 7집 출판을 기념하는 특설무대에 서서

인광印光 장희구張喜久

매일 나에게 86,400달러,
우리 돈으로 1억이 넘는 거액을 입금해주는
은행이 있다는 힘 부친 틱낄니를 상상해봅니다

이 은행은 나와는 매우 투명한 관계이기 때문에
당일이 지나면 잔액이 하나도 남아있지 않습니다
하루가 지나면 쓰지 못한 잔액은 자동 소멸되니까요

그대라면, 어떠할까요? 우리라면, 어떠하시겠습니까?
너무도 당연한 결과에 대한 해답은 뻔해 보입니다
그날 통장에 입금된 돈을 모두 찾아야지 않겠습니까?

나에게 주어진 시간은 매우 짠한 은행과도 같습니다
매일 우리는 86,400초(달러)라는 거액을 부여받지만,
버려진 시간만큼 무의미하게 뭉개버릴 때가 많습니다

그러한데, 나에게 주어진 시간에는 잔액이 없습니다
어제 시간을 이월하여 더 많이 사용할 수도 없고,
내일을 위해 더 많이 비축해 남겨둘 수도 없답니다

나와 너 그리고 우리는 잘 사용할 수 있을 만큼만,
시간을 곱게 뽑아서 소중하고 정성껏 써야겠습니다
가족을 위해 남겨 둘 수도, 빌려줄 수도 없습니다

시간은 누구에게나 매일 같이 공짜로 받아 쥐기에,
돈으로 환산할 수 없이 값진 보물로 여기지 못합니다
오직 내게 부여한 귀중한 보물로 부여잡지 못합니다

당일에 소중히 사용하지 않으면 훌쩍 사라져버리기에
최선을 다해 주어진 시간을 선용하겠다고 다짐하지만
숱한 마음의 다짐으로 남을 뿐, 거의 허드렛일들처럼

오늘 소중하게 선물로 받은 86,400초란 귀중한 시간을
어떻게 해야만 잘 활용할 수 있을까 늘 궁리해봅니다
그러하온데, 통장엔 시간의 잔액이 없기에 걱정입니다.

2020-04-22 아침에

초판인쇄 · 2020년 5월 22일
초판발행 · 2020년 5월 29일

지은이 | 지현경
펴낸이 | 서영애
펴낸곳 | 대양미디어

출판등록 2004년 11월 제 2-4058호
04559 서울시 중구 퇴계로45길 22-6(일호빌딩) 602호
전화 | (02)2276-0078
팩스 | (02)2267-7888

ISBN 979-11-6072-062-4 03810
값 13,000원

이 도서의 국립중앙도서관 출판예정도서목록(CIP)은 서지정보유통지원시스템 홈페이지
(http://seoji.nl.go.kr)와 국가자료공동목록시스템(http://www.nl.go.kr/kolisnet)에서
이용하실 수 있습니다.(CIP제어번호 : CIP2020019035)